Isla de leones

OTROS LIBROS POR MARGARITA ENGLE

MARGARITA ENGLE

Traducción de Alexis Romay

Isla de leones

EL GUERRERO CUBANO
DE LAS PALABRAS

atheneum

ATHENEUM BOOKS FOR YOUNG READERS

Nueva York   Londres   Toronto   Sídney   Nueva Delhi

ATHENEUM BOOKS FOR YOUNG READERS
Un sello editorial de Simon & Schuster Children's Publishing Division
1230 Avenue of the Americas, New York, New York 10020
Este libro es una obra de ficción. Cualquier referencia a sucesos, históricos, personas reales o lugares reales está usada de manera ficticia. Los demás nombres, personajes, lugares y sucesos son producto de la imaginación de la autora, y cualquier parecido con sucesos o lugares o personas reales, vivas o fallecidas, es puramente casual.
© del texto: 2016, Margarita Engle
© de la traducción: 2019, Simon & Schuster, Inc.
Traducción de Alexis Romay
Originalmente publicado en inglés como Lion Island
© de la ilustración de la portada: 2016, Sean Qualls
Todos los derechos reservados, incluido el derecho de reproducción total o parcial en cualquier formato.
ATHENEUM BOOKS FOR YOUNG READERS es una marea registrada de Simon & Schuster, Inc.
El logo de Atheneum es una marca registrada de Simon & Schuster, Inc.
Para información sobre descuentos especiales para compras al por mayor, por favor póngase en contacto con Simon & Schuster. Ventas especiales: 1-866-506-1949 o business@simonandschuster.com.
El Simon & Schuster Speakers Bureau puede traer autores a su evento en vivo. Para obtener más información o para reservar a un autor, póngase en contacto con Simon & Schuster Speakers Bureau: 1-866-248-3049 o visite nuestra página web: www.simonspeakers.com.
Diseño del libro: Debra Sfetsios-Conover e Irene Metaxatos
El texto de este libro usa las fuentes Simoncini Garamond Std.
Hecho en los Estados Unidos de América
Primera edición
También disponible en edición de tapa dura de Atheneum Books for Young Readers
10 9 8 7 6 5 4 3 2 1
Catalogación en la Biblioteca del Congreso:
Names: Engle, Margarita, author. | Romay, Alexis, translator.
Title: Isla de Leones : el guerrero cubano de las palabras / Margarita Engle ; traduccion de Alexis Romay.
Other titles: Lion Island. Spanish
Description: New York : Atheneum Books for Young Readers, [2019] | Summary: A biographical novel about Antonio Chuffat, a Chinese-African-Cuban messenger boy in 1870s Cuba who became a translator and documented the freedom struggle of indentured Chinese laborers in his country. | Includes bibliographical references.
Identifiers: LCCN 2017055768 (print) | LCCN 2018000572 (ebook)
ISBN 9781534429291 (eBook) | ISBN 9781534429284 (pbk.) | ISBN 9781534446472 (hc.)
Subjects: LCSH: Chuffat Latour, Antonio, 1860—Childhood and youth—Juvenile fiction. | CYAC: Novels in verse. | Chuffat Latour, Antonio, 1860—Childhood and youth—Fiction. | Racially mixed people—Fiction. | Indentured servants—Fiction. | Slavery—Fiction. | Chinese—Cuba—Fiction. | Cuba—History—1810–1899—Fiction. | Spanish language materials.
Classification: LCC PZ73 (ebook) | LCC PZ73 .E57 2019 (print) | DDC [Fic]—dc23
LC record available at https://lccn.loc.gov/2017055768

para mi amiga Celina
con su sangre de tres continentes
y dos islas

La libertad es la bestia que jamás
se amansa; rompe las cadenas que
le atan con sangre y fuego, para
recabar sus derechos.

—ANTONIO CHUFFAT

Índice

Contexto histórico

Al comienzo de la década de 1840, más de 250.000 hombres fueron enviados a Cuba y Perú desde China como parte de un tratado entre los imperios español y chino. En los campos de caña, junto a los esclavos africanos, los chinos bajo servidumbre por endeudamiento frecuentemente eran forzados a firmar un contrato de trabajo por ocho años, y luego otro y otro. Los matrimonios interraciales entre hombres chinos y mujeres africanas crearon una rica cultura mezclada con religión, música y tradiciones culinarias únicas.

En 1868, un pequeño grupo de terratenientes en Cuba les dio la libertad a sus esclavos y declaró la independencia de España. Muchos chino-cubanos se unieron a la lucha por la libertad, que se convirtió en una serie de tres guerras.

Por la misma época, los chino-americanos huían de las revueltas antiasiáticos en California. A principios de la década de 1870, cinco mil refugiados se habían asentado en Cuba. Su experiencia con la democracia y el trabajo libre inspiró a quienes estaban bajo servidumbre por endeudamiento. Cuando China envió diplomáticos a Cuba a investigar el tratamiento de los jornaleros, los testimonios personales de pronto ofrecieron una alternativa a la violencia. Las armas ya no eran el único modo de ganar la libertad. El poder de las peticiones escritas brindó esperanza. Un niño mensajero cubano llamado Antonio Chuffat, de origen chino y africano, documentó la guerra de palabras.

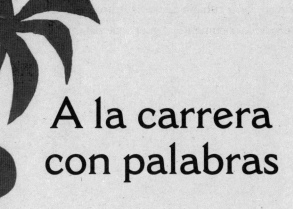

A la carrera con palabras

ANTONIO CHUFFAT
12 años de edad

Año de la cabra
1871

Con las palabras a cuestas

La llegada de los californianos
lo cambió todo.
La escuela.
El trabajo.
La esperanza.
Todo me pertenece, ahora que tengo un empleo
entregando mensajes misteriosos
para el señor Tung Kong Lam de Shanghái,
quien huyó a Cuba luego de tan solo un año
en San Francisco.

La violencia en California debe de tener
la fiereza de un dragón
para hacer que tantos refugiados busquen un nuevo hogar
en esta isla
de guerra.

Formado por las palabras

Mis ancestros nacieron
en Asia, en África y en Europa,
pero a veces me siento como un pájaro
que ha migrado a través del vasto océano
a esta
pequeña isla,
como si
me estuviera encogiendo.

No conozco la lengua africana de mi madre.
Apenas conozco a sus parientes esclavizados.
Solo conozco a la mitad china de mi familia.

Los maestros dicen que soy un niño de tres mundos,
pero siento que soy una criatura de dos palabras:
Libertad.
Esperanza.

Un hambre de palabras

Me dio pánico cuando mi padre
me trajo a esta concurrida ciudad de La Habana
desde nuestra tranquila aldea.

Me dejó solo en una escuela
llamada "El Colegio para Desamparados
de la Raza de Color",
en donde soy solo uno entre muchos
niños que son parte africanos.

La mayoría son huérfanos, abandonados, indeseados,
expulsados como basura,
pero estoy aquí porque
mi padre quiere que aprenda un español correcto,
en lugar de mezclarlo con su lengua nativa,
el cantonés del sur de China,
un inmenso país que nunca he visto
y que apenas puedo imaginar,
tan acostumbrado estoy
a la mezcla
de los pensamientos
y las lenguas
de esta pequeña isla.

Los leones, los pavos reales y la batalla de palabras

Los mensajes que llevo del señor Lam
son para hombres de negocio, diplomáticos y soldados
de dos imperios.

Los soldados españoles me son familiares,
pero hasta hace muy poco viví en el pequeño poblado
de Jovellanos, en donde nunca vi a los visitantes reales
de la China imperial.

Los líderes militares de Pekín
llevan brillantes leones dorados
bordados en el pecho, como corazones que braman.

Los soldados de menor rango están marcados por tigres,
panteras
o leopardos.

Pero el más poderoso de los símbolos
pertenece a los diplomáticos,
hombres de palabras cuyas túnicas de seda están bordadas
con resplandecientes pavos reales, cigüeñas de largas patas
o elegantes
garzas reales.

Incluso un solo botón puede tener significado.
Rojos, rosados, azules, claros como el cristal o de un marrón
barro.

Cada tonalidad le otorga a un diplomático
la autoridad para resolver
cierto tipo
de argumentos.

Siempre que merodeo por las esquinas de alguna habitación
sofisticada,
a la espera de una respuesta escrita
que pueda llevar de vuelta
a mi ocupado patrón, noto el modo en el que los soldados
siempre se doblegan ante oficiales civiles.

Estos mediadores decorados con pavos reales
son más respetados
que los leones rugientes
de los héroes militares.

Palabras de sueños

Cuando cierro los ojos bien entrada la noche
luego de la escuela y el trabajo,
el consuelo del sueño
no
me alcanza.

Todo cuanto veo en mi ensueño es un desfile de bestias
que gruñen y chillan,
mientras dignas criaturas aladas
explican tranquilamente sus PODEROSAS
opiniones.

¿Acaso alguien
me escuchará
alguna vez?

¿Y qué les diría si lo hicieran?
¿Llegaré a ser un león que ruge
o el ave diplomática
que habla serenamente?

Palabras como armas

PODER es una palabra que me atrapa con su hechizo
de fuerza tempestuosa.

El PODER le permite a España gobernar a Cuba.
El PODER mantiene a los esclavos africanos
y a los chinos bajo "servidumbre por contrato"
en cadenas.

Pero yo nací libre; trabajo, estudio
y escucho al señor Lam
hablar de democracia…

¡Un hombre,
un voto!

Imagina lo que sería tener opciones
en lugar de
MIEDOS.

Las palabras son posibilidades

En las mañanas en la escuela, recito conjugaciones verbales
en español, pero me paso las tardes a la carrera
con notas urgentes escritas en caracteres chinos.

Cada mensaje envuelto
en el calor de mi mano
parece estar vivo.

Algunos son cartas a editores de periódicos
en Shanghái o Pekín, y soy yo quien corre
con pies que caen como tambores
en los senderos resbaladizos
aporreados por la lluvia que parece
un martillo, metiéndome ideas
en la cabeza.

Traducción, comprensión, un intercambio
de significados…
¿Podré ser alguna vez un paciente diplomático, o preferiré
la intrépida vida de un león?

Palabras escritas

El señor Lam me dice que podría ser
un buen reportero de noticias,
por el modo en que siempre
observo,
escucho,
aprendo,
antes de abrir
mi diario
para escribir.

Palabras perturbadoras

A la carrera, paso cerca de esclavos amarrados a los postes
de azotes,
esclavos encadenados juntos, esclavos engrilletados
a vagones...

Luego entro al Barrio Chino,
lleno de hombres libres como mi padre, que cumplió
su contrato de ocho años y se negó a firmar
otro.

¿Quién hablará en nombre de los africanos
en cartas escritas a los editores en Madrid?

Quizá un día sea yo quien lo haga, pero por ahora
todo cuanto tengo es este trabajo, en el que llevo
palabras que zarparán
a China.

Palabras de lujo

En la casa de Lam, algunos de los mensajes que llevo
son cartas a editores, pero la mayoría son acuerdos de
negocios
que culminan en cargamentos de jade, seda, porcelana,
objetos de charol, mueblería, hierbas medicinales,
estatuillas de marfil, incienso de sándalo,
y otros elegantes
tesoros de Shanghái.

Nada de esto es suficiente para hacerme valorar al dinero
más que a los libros.

En la escuela, estudio; luego, en el trabajo, corro;
y más tarde, en la quietud de mi cuarto en la noche,
escribo en mi diario, y recuerdo
cada detalle.

Las palabras de los emperadores

Cuando mi padre visita, escucho sus conversaciones
con el señor Lam acerca de la injusticia en esta isla de
colmillos de león
y de brutales contratos por ocho años.

El emperador firmó un pacto con España
en el que acordó aportar un cuarto de millón de braceros,
campesinos comunes y corrientes de la provincia de Cantón,
jornaleros para las plantaciones de Cuba y Perú.

Tan pronto como los hombres bajo servidumbre por
contrato llegaron a esta isla,
fueron bautizados y recibieron nombres de santos católicos,
en ceremonias oficiadas en latín, una lengua
que solo entienden los curas.

El sistema de servidumbre por contrato tiene que acabar,
insiste mi padre.
Por supuesto, concuerda el señor Lam,
mientras hablan y hablan
en cantonés, y yo traduzco sus palabras
en mi mente, para practicar mi español, para que un día
pueda escribir cartas a los editores
en Madrid.

Palabras de guerra

Al día siguiente en la escuela, en vez de escribir un ensayo
sobre la antigua filosofía griega, le entrego a mi maestro
una página garabateada con rabia.
Palabras fieras.
Palabras feroces.
Palabras que apuñalan, que muerden, que arañan
y que amenazan con estallar en llamas.
Pero mi maestro pacífico sonríe y dice que estoy
aprendiendo
a luchar por mi futuro, en lugar de batallar
con el pasado.

La bestia de la esperanza

Año del mono
1872

Lejos de los campos de batalla
Antonio

La guerra por la libertad comenzó en 1868, un año del
dragón,
un tiempo de esperanza, pero ahora se propaga
en montañas distantes, mientras aquí en la ciudad
mis pensamientos merodean entre la paz
y la rabia.

Mis compañeros de clase dejan la escuela para ir a pelear.
Máximo Gómez, Antonio Maceo, Herculano Wong.
Hay generales rebeldes de todas las razas.
Yo podría ser uno.

Pero mi padre quiere que obedezca sus deseos.
Que me quede en la escuela.
Que estudie.
Que trabaje.

Yo estoy acostumbrado a la obediencia.
Así que espero.

Antes del banquete
Antonio

Cuando me cruzo con un soldado herido
en la calle, evito su mirada.

Si estuviéramos en el mismo campo de batalla,
sería mi enemigo.

Aquí en la ciudad,
tan solo somos vecinos.

Unos minutos más tarde, veo al jefe de cocina del señor Lam
cortar coles rubias, entrelazados frijolitos chinos,
redondos rábanos blancos y jengibre fragante.

Es la primera vez que he sido invitado
a comer una lujosa cena en el acogedor
hogar de mi patrón.

Lichis rojos.
Sandías doradas.
Maracuyá color vino tinto.
Todas estas coloridas viandas son traídas
por un niño californiano con una larga trenza
que muestra su lealtad
al imperio chino.

Me mira fijamente.
Me viro hacia otra parte.
Yo sé lo que piensa.
Mi pelo es corto.
Rizo.
Africano.
Diferente.

Lugares
Wing

El niño mensajero es diferente, pero yo también lo soy,
con una madre mitad americana que me nombró
por un águila en pleno vuelo y a sabiendas
de que la palabra debería ser pronunciada "weng"
para que significase "gloria" en cantonés,
en lugar de "*wing*" —alas— en inglés.

¿Por qué pensar en ella ahora?
La fiebre se la llevó en un abrir y cerrar de ojos
mientras atravesábamos el estrecho puente de tierra selvática
entre América del Norte y América del Sur.

¿Será que todas las familias de refugiados
pierden a alguien en el trecho de Panamá?

¿Acaso esta quemazón de la tristeza siempre arderá,
incluso más dolorosamente
que los fieros pimientos rojos
en mi lengua?

El banquete
Antonio

Pepinos de un verde intenso, aceitunas, hierbas plumosas,
yuca, malanga, boniato, quimbombó, fufú,
jengibre, cinco especias, brotes de bambú:
todas las viandas de España, Cuba, África
y China
mezcladas
como la música.

El señor Lam le dice al vendedor de vegetales
cuánto echa de menos los duraznos, las ciruelas, las peras
y las manzanas, frutas del norte que se niegan a crecer
en el bochorno tropical.
Lo mismo pasa con la espinaca, el apio,
y el guisante —responde Wing—, vegetales frescos y
crujientes
que su familia cultivaba y vendía en su tienda en Los
Ángeles,
pueblo angelical, territorio
de muerte.

La Reina de Los Ángeles
Wing

El nombre de mi pueblo natal
se me pega a la lengua cual barro,
reacio a ser dicho
en alta voz.

¿Cómo se atreve Los Ángeles a llamarse
La Reina de Los Ángeles?

La Princesa de Los Asesinatos sería
más preciso.

Después del banquete
Antonio

La extraña historia de la vida de Wing
inunda mis oídos
con la fuerza
de un huracán.

Su manera de hablar es una mezcla inquieta
de español, inglés y cantonés.

¿Cómo es posible que tanto sufrimiento sea producto
de ataques de hombres que creen en el voto
y la independencia?

Su hogar era una tierra de árboles frutales
y jardines.

Ahora es solo un sitio de polvo
y sepulturas.

Memorias de la masacre

Wing

Vivíamos en una calle escabrosa
de sólidas casas de adobe, tiendas y corrales.

No había mansiones al estilo de las de La Habana,
ni estatuas de mármol, ni fuentes lujosas,
ni tampoco bohíos con techo de guano
en los que nunca podré sentir
que estoy en una casa verdadera.

Los veranos eran tan secos en Los Ángeles
que la escasa lluvia del invierno era almacenada en un
estanque.
La usábamos para irrigar los sedientos campos y los huertos
todo el año, lo que hacía de nuestra tienda de frutas en el
Barrio Chino
algo tan inestimable para nuestros vecinos
que nos llamaban los mineros
del oro verde, aun cuando
el verdadero nombre de nuestro puesto de frutas
era Su Felicidad.

Escribimos cada letrero en tres idiomas,
y papá incluso aprendió unas cuantas palabras nativas de los
indios kizh,

para que todos nuestros clientes se sintieran
bienvenidos.

Terremotos.
Vientos cálidos.
Una temporada de incendios como provocados por
dragones.

Esos eran los únicos peligros que conocimos
hasta que la sequía llenó a los ganaderos de una rabia tal
que añoraban algún extranjero
a quien echarle la culpa.

Ningún miembro de mi familia jamás
ha estado en China, pero nuestros ojos nos identifican
como descendientes
de inmigrantes.

Las lluvias dejaron de caer.
La hierba se secó.
Las vacas murieron.

Bolsillos vacíos.
Corazones vacíos.

Una pelea común y corriente por una mujer
se convirtió en una trifulca letal,
con la rabia esparciéndose
como un incendio salvaje
llevado en andas por el aliento monstruoso
de una nube de humo.

Cuando nos dimos cuenta de que el Barrio Chino
iba a ser destruído ya era demasiado tarde.

Algunos lugartenientes del *sheriff* nos trataron de ayudar,
y los vecinos mexicanos ofrecieron refugio,
pero solo las mujeres
y los niños
aceptaron
esconderse.

Yo era un niño.
Mi hermano era mayor.
Jin y papá salieron al caos
con la intención de llevar voces tranquilas y razonables
a las turbulentas llamas
de la furia.
Papá sobrevivió.
Jin no.

El cálculo de los muertos oscilaba por encima de dos
docenas,

todos hombres y muchachos adolescentes,
colgados de las cercas
y los robles
en venganza
por el clima polvoriento,
la mera aridez,
la sequía natural.

Los pensamientos del guerrero
Antonio

Si tan solo pudiera con un rugido
dejar mi piel humana
y correr hasta allá,
a través de tierra y mar, para ayudar a Wing
a vengarse…

¡No en balde todos los periódicos cubanos
llaman a California el edén ensangrentado!

El señor Lam dice que esas revueltas en Los Ángeles
fueron de los más grandes linchamientos en masa
en la historia de Estados Unidos.
Solo diez hombres fueron arrestados, solo cuatro
fueron sentenciados,
y aun así pronto saldrán en libertad.

Nadie en esa nación paga por un crimen
contra gente
que luce diferente.

Casi amigos

Antonio

A veces veo a Wing entre una muchedumbre
de cocineros y amas de casa, vendiendo
su oro verde que lleva en dos cestas enormes
que cuelgan como jardines portátiles de los extremos
de una vara gruesa y pesada que se balancea
sobre sus hombros
como el yugo de un buey.

Siempre que tengo tiempo, compro una merienda de
rábanos
y me quedo a hablar, pero todavía no somos amigos.
Cada una de nuestras palabras cuelga del aire
como una prueba.

Me pregunta por las cicatrices en mi cara,
así que le describo las hierbas cubanas silvestres
que usó el doctor Kan Shi Kong
para curarme la viruela.

Noticias locales

Wing

No en balde tantos isleños
vienen a pedirme medicinas una y otra vez,
siempre citando algún refrán
sobre el médico chino,
como si solo existiese
un doctor chino,
un mago
capaz de curar
cualquier enfermedad,
incluso la viruela.

La próxima vez que Antonio se queda a charlar, trae
periódicos con artículos sobre duelos entre
dos reporteros que pelearon con armas en lugar de palabras,
y un cura que fue ejecutado en una pacífica playa,
por el simple hecho de bendecir
una bandera rebelde.

Hay artículos más sosegados acerca de bailes de disfraces,
procesiones religiosas, banquetes caritativos…
y un artículo furioso acerca de peleas a puñetazos en los
bancos,
en donde las monedas fueron repentinamente reemplazadas
por billetes.

¿Dinero en papel?
¡No en balde los empresarios están furiosos!

Su valor es menos que la mitad de lo que vale
el precioso metal.

¿Qué voy a hacer si no puedo ganar suficiente plata
para ayudar a papá a comprar la tierra que arrienda, para
que podamos
construir una casa de verdad, con un techo de tejas
y un piso sólido,
en lugar de pencas de guano
y fango?

Los atardeceres en casa
Wing

Piso enfangado.
Paredes de cortezas de palma.
Endeble, plagado de avispas, vulnerable,
este bohío cubierto de pencas no brinda mayor protección
que una pluma cuando los vientos de la tormenta arrecian
y la isla es castigada por huracanes.

Papá se sienta abatido y silente, dando sorbos a la sopa que
cociné
con los vegetales que nos quedaron luego de que vendí
el resto.

Mi hermana gemela detesta cocinar, así que yo lo hago por
ella,
feliz de tener un modo de compensar por la libertad que
tengo
de deambular mientras compro frutas a otros campesinos y
las revendo
en busca de ganancias.

Fan no puede cargar las pesadas canastas, así que está
atrapada
todo el día en los campos con papá, escuchando su silencio,
mientras espera a crecer y sentirse libre.

Historias

Antonio

Me encanta escuchar los cuentos de Wing
acerca de la armoniosa voz de su hermana gemela
y su nombre raro, Fan, una palabra escogida
por una madre mitad americana a quien le gustaba más
que el sonido de "Fong", un nombre real
que significa "abeja".

Wing dice que Fan escribe sus propias canciones
y reinventa otras al cambiar las letras
de antiguos poemas chinos.

Luego habla de un altar improvisado
donde honran a su madre y a su hermano.

Cuando me toca responder preguntas, escucha
mientras le hablo de las plantaciones cubanas y el modo
que mi padre encontró para ayudar a los fugitivos chinos
al invitarlos a que se unan a cuadrillas pagadas:
grupos de peones asalariados que son contratados con
entusiasmo
durante la frenética temporada de zafra,
cuando todos los colonos azucareros
se desesperan tanto por braceros
que ni los esclavos congoleses
ni los chinos bajo servidumbre por contrato
nunca son
suficientes.

Planes

Wing

Las descripciones de Antonio de las cuadrillas libres
nos mantienen esperanzados cuando hablamos de ayudar,
poco a poco, al menos a algunas personas desesperadas,
pero pronto saltamos al tema de la guerra,
hacemos planes para las armas y las batallas,
desde una esquina, mientras miramos
a las muchachas bonitas.

Cuán fácil sería unirse a los rebeldes,
y a la vez cuán imposible
parece ese cambio tan drástico...
hasta que pienso en esas revueltas
en Los Ángeles, mi hermano, mi pueblo,
mi hogar real...

Entonces de buenas a primeras estoy tan furioso
que todo cuanto anhelo
es la oportunidad de vengarme
contra cualquiera
que sea cruel.

La rabia viene y va en oleadas,
como el agua, como las tormentas.

El genio de mi padre
Antonio

Trabajadores libres.
Sueldos.
Pagos.
Un contrato para toda la cuadrilla libre,
en lugar de uno por individuo.

Ya los peones no volverán a ser encerrados
o azotados, o puestos al cepo, o alimentados como esclavos
con harina de maíz y ñame.

Arroz, carne, pescado, vegetales frescos,
todo esto estará, con lujo de detalles, en los documentos,
y por esta vez serán los patrones
quienes tendrán que firmar contratos... que únicamente
serán legales
por una sola temporada de zafra,
no por una eternidad de ocho años,
y luego ocho más,
hasta la vejez, seguida
por la muerte.

Los ferrocarriles subterráneos
Wing

Las islas no tienen fronteras,
solo playas.

Los barcos son la única manera
de huir.

Pero Antonio parece tan emocionado
con las cuadrillas libres de su padre
que le menciono lo que recuerdo
de las lecciones de historia de Estados Unidos
de cuando yo era norteamericano
y tenía tiempo
para la escuela.

Imagina

Antonio

¡Imagínate un territorio libre
en donde los esclavos
pudieran esconderse!

Imagínate las dificultades,
los peligros,
los fracasos,
el éxito,
la satisfacción.

Imagínate el PODER de ayudar
a un africano desamparado
o a un chino,
de uno en uno.

Esa misma tarde
Wing

Con la peligrosa imagen de Antonio
ardiendo como un fuego en mi mente,
me alejo del centro de la ciudad
hasta una colina, cerca de la pequeña parcela de tierra
fangosa
en donde papá y Fan han estado escardando hierbas malas
y plantando semillitas
todo el día.

Un sonido.
Una voz.
El camino oscuro.
Más voces.
Tres soldados españoles,
en sus uniformes llenos de adornos,
con medallas resplandecientes, me detienen,
me golpean, me obligan a que les dé monedas,
dinero en metálico, no solo el papel
inservible del banco.

De lejos, la punta de una bayoneta
a plena luz del día
no se ve más amenazadora
que un mosquito, pero de cerca,
en la oscuridad del brillo de las estrellas, parece
una llama.

Así que les doy cuánto gané hoy,
junto a unas cuantas cebollas y unos nabos
que quedaron después de un buen día
de ventas.

Cuando el suplicio por fin termina y los soldados
han seguido su camino, no puedo parar de temblar
como una rama seca bajo el viento abrasador de Santa Ana.

Soy un emigrante, un refugiado, un extranjero.
Me podían haber pedido mis papeles,
la cédula oficial
que demuestra que tengo el derecho
de vivir en Cuba: el documento
que dejé en casa, en nuestro bohío, con tal de mantenerlo
limpio y pulcro, protegido por la falta de uso,
lo mismo que a mis malgastados, retorcidos fragmentos
de coraje.

Si los soldados españoles me vuelven a robar,
prometo que voy a luchar contra ellos; me sublevaré
y derrocaré a España.

La rabia viene y va en ráfagas,
como el viento furioso
de un huracán.

En calma, regreso al trabajo al día siguiente,
atrapado en el ojo de mi propia
tormenta.

Asesinatos
Antonio

¿Qué diferencia hay entre una ejecución
y un asesinato?

¿Acaso la edad del prisionero, su inocencia,
o la seriedad de su crimen?

Estas son las preguntas que me hizo mi maestro
tan solo unos días después de que Wing fuera atracado
y casi lo mataran.

Estas son las preguntas que todos mis compañeros de clase
se esfuerzan por responder, sin que suene como que nos
atrevemos
a acusar al gobierno español.

Los periódicos están llenos de informes cautelosos.
Acaban de matar a ocho estudiantes de medicina cubanos
en el paredón de fusilamiento.

Su única ofensa fue inscribir insultos
en la tumba de un corresponsal español.
Ahora, los demás corresponsales tienen miedo.

Pero los adultos no están tan aterrados como la gente de
la edad

del estudiante más joven, aquel que solo tenía
dieciséis años…

Yo tengo trece.
Wing tiene catorce.
¿Deberíamos tener miedo
de ser castigados como traidores
si una de nuestras conversaciones entre susurros
acerca de la rebelión es indiscretamente
escuchada?

Cuando las palabras viajan mar allende
Antonio

Encolerizado con la ejecución de los estudiantes de
Medicina,
el señor Lam escribe cartas a editores de periódicos
en China, mientras yo garabateo mis propias protestas
imaginarias
y doblo su no existencia
contra mi pecho.

¡Pobrecitos los cubanos!
Esas son las palabras de enojo que mi patrón masculla
cuando me entrega un montón de sobres sellados
para que los lleve al correo.

Las mismas palabras están escritas dentro,
con una caligrafía elegante, cada línea de tinta
una obra de arte.

Imagina cuán lejos tendrán que viajar esas palabras,
meciéndose y dando tumbos con las olas en un barco a la
deriva
antes de que los oficiales chinos las vean y decidan
si les importa.
¿De qué puede servir enviar pensamientos
a desconocidos?
¿Acaso el señor Lam
en verdad espera

que los educados pavos reales
en Shanghái o Pekín
escuchen sus quejas
acerca
de la pequeña
y remota
Cuba?

¿Dónde está el PODER en las palabras
que no son escuchadas?

Canciones libres

Año del gallo
1873

Belleza
Antonio

Conocer por fin a la hermana gemela de Wing
me inquieta y me estimula.
Nunca imaginé que mi mente
podría llenarse de un aluvión de emociones
en lugar de palabras.

La finca que arrienda su familia es un lodazal
con surcos de arroz, matojos y vides
que se enredan a otras plantas
como si tuvieran brazos con zarcillos en forma de manos.

Wing es quien cocina y Fan pone la mesa.
Comemos a la intemperie, a la sombra de una mata de
mango,
mientras escuchamos los chillidos de las verdes cotorras
y el silencio del afligido padre de Wing y Fan.

Haber perdido a su esposa en la travesía de California
a Cuba inmediatamente después de perder a su hijo mayor
a cuenta de la violencia de los amotinadores debe haber sido
como una tortura.

Pero cuando el sonido de la voz de Fan
llega a mis oídos, todo cuanto escucho
es belleza y esperanza.

Canción

Fan

No hay otro modo de hacer que papá
sonría.

Solo una canción
puede levantarle el ánimo.

Cuando las palabras se alzan de mi garganta
parecen ofrendas
al cielo,
donde mamá y Jin
también deben de estar cantando.

Las canciones de mi hermana
Wing

Interrumpió las noticias que quería escuchar.
Antonio explicaba a papá los problemas de España,
de cómo el rey Amadeo acababa de declarar
que está cansado de intentar gobernar
un país al que llamó ingobernable.
Ha abdicado del trono
y se ha establecido una república,
pero por supuesto que hay contendientes,
así que en verdad no hay gobierno en absoluto…

Y aun así, a pesar del caos, España continúa
gobernando Cuba, y los rebeldes en las montañas
todavía pelean
por la independencia.

Si la voz de mi hermana no brillara con esa magia
y liviandad de espíritu, yo no seguiría escuchando
su armoniosa melodía
y sus palabras poéticas.

Espejo

Fan

Ser gemela de un muchacho
es como el deslumbramiento
de entrar y salir de un río resplandeciente,
con el agua constante que llega a borbotones
y nunca es lo suficientemente apacible como para ver
mi propio reflejo.

Wing puede ir a cualquier parte,
hacer lo que quiera, decir
lo que se le antoje; pero yo soy una muchacha,
así que tengo que hablar
con cautela,
trabajar hasta el infinito
y soñar solo
cuando canto
o cuando duermo.

Formas
Fan

Siempre que no estoy en los surcos
escardando tercas hierbas malas con el taciturno de papá,
practico pintar todos los elegantes caracteres
que aprendí en la escuela de nuestro vecindario
en Los Ángeles.

"Llama".
"Árbol".
"Sol".
"Persona".
Cada carácter chino es una imagen
que nace de un brochazo, del chasquido de las cerdas del
pincel,
del flujo de la tinta.

Pero lo único que tengo es fango y un palo, así que inscribo
los antiguos caracteres
que significan
"boca",
"puerta",
"montaña",
"muchacha".

Lecciones
Wing

Estanque
reflejado
en un cuenco.

Mi hermana inscribe fragmentos de versos
en fango o en la piedra, en la corteza de un árbol, en las
paredes…
con un cuchillo de cocina destinado
a cortar cebollas.

Caracteres chinos, el alfabeto inglés,
frases en español, poemas antiguos y canciones modernas,
imágenes tomadas en préstamo que mezcla con las suyas
propias, tantos
sonidos que se juntan para formar
una música agridulce
como las nubes en la tormenta
que esconden
la vista nocturna
de la luna.

Los pensamientos en la batalla
Fan

Los gemelos se cuentan todo entre sí.
Cuando Wing me susurra su rabioso plan
de huir y volverse un guerrero,
le canto una antigua canción china:
Me arrastraron a la guerra a los quince años,
y ahora tengo ochenta
y por fin viajo
a casa.

Mi hermano no quiere escuchar palabras sabias.
Imagina que la violencia nueva puede destruir
nuestras penas de antaño.

Pero la guerra de Cuba por independizarse de España
ya se ha alargado durante muchos años,
y ahora incluso si los rebeldes ganan, no hay manera
de tener certeza de que todos los esclavos —los que lo son
de por vida
y los que lo son por ocho años— vayan a ser
puestos en libertad.

Los pensamientos en el cielo

Fan

¿Dónde estás, mamá?
¿Tú y Jin escuchan mi voz?
¿Los familiares en el cielo ven poemas
escritos en el fango?

Cuando estabas viva en la tierra,
hablabas de las violetas que tu padre
comía en China, para guiar su meditación
hacia los movimientos de los planetas y las estrellas.

Ahora añoro esos refrescantes pétalos sedosos
en mi lengua, para que guíen a mi mente
hacia la quietud.

¿Es cierto que diste la bienvenida a nuestro nacimiento
gemelo
con el doble de huevos rojos y el doble
de bocados de jengibre?

¿De veras nos nombraste con apodos animales
durante todo un mes para burlar
a los tramposos fantasmas?

Solías decir que yo era Ardilla
y Wing era Conejo, ¿pero por qué no escogiste
nombres feroces, para aterrorizar

a los peligrosos
espíritus?

Yo pude haber sido Pantera, y Wing habría sido León.
Juntos, siempre seríamos
valientes.

Mamá, cuando la fiebre te derrotó, poco antes
de llegar a Cuba, ¿de veras esperaste que aquí estuviéramos
felices y a salvo, en lugar de agotados
y temerosos?

Lo último que me dijiste fue *lucha*,
pero ¿te referías a batallar contra la tristeza
o pugnar —como Wing— contra la ira?

Los pensamientos en el fango
Fan

Esta mañana, un campesino de por estos lares
notó las canciones que dejo escritas
al borde de nuestros campos, y como
no lee caracteres chinos,
le dio por pensar que las formas
eran malignas.

Me acusó
de brujería.

"Chivo expiatorio".
Recuerdo claramente la palabra en inglés,
de las revueltas, cuando nuestros vecinos
de repente decidieron que éramos
unos forasteros.

Se robaron tu collar de jade, mamá,
el que papá te dio de regalo de matrimonio,
símbolo de lealtad.

Entonces, como tú eras solo mitad china
y el resto de ti era una mezcla
de británica-alemana-franco-americana…
toda esa gente común y corriente
que solían ser nuestros amigos
de repente encontraron que el caos era

una buena excusa
para tratarnos
como a monstruos.

Pero no le voy a permitir a este nuevo vecino
que se imagine que soy peligrosa.

Le hablo en español, le explico
los caracteres chinos, le describo mi propósito
como compositora de canciones y luego calmo sus miedos
con mi voz.

Los pensamientos sobre nombres
Fan

Mamá, en esta isla fuimos bautizados,
y nos dieron nombres de santos, pero optamos
por ignorarlos.

Wing y yo preferimos los nombres con doble significado
que nos diste: Wing —alas— por nuestras esperanzas aladas,
y Fan —abanico— para apaciguar
nuestra ira.
Estos nombres no del todo cantoneses,
pero tampoco verdaderamente ingleses,
con su doble significado
son las únicas posesiones
que aún tenemos
que alguna vez
te pertenecieran.

Los pensamientos sobre árboles
Fan

Wing sale del bohío cada mañana
con sus cestas.

Intento cargarlas una y otra vez, pero nunca
lo he logrado, así que papá no deja que sea yo
quien haga la larga travesía rumbo a la ciudad.

Me deja atrás con su silencio,
compartiendo el agotamiento del trabajo en el campo
y las herramientas desafiladas
y los mosquitos
y las garrapatas…

Cada verso que inscribo en la madera viva
parece una herida sangrante en mi propia piel,
pero la resina que supura de las ramas de la mata de mango
está llena
de fluidos sueños
de crecimiento.

Los pensamientos en el aire
Fan

Cuando canto
en los campos
con toda la fuerza de mi voz,
me siento cual ave marina impulsada por el viento
que ha perdido su ruta migratoria
y tendrá que vagar por siempre
o escoger cualquier isla diminuta
y construir un nuevo
nido.

Los pensamientos en el techo
Fan

Me invento mi propio carácter para "techo":
una delicada pluma sobre una casa sólida.
La pluma lo mismo flota en descenso que en ascenso
hacia la luz… solo la mente del lector
puede decidir qué dirección de movimiento
detecta el ojo curioso: una brusca
caída
o el vuelo
hacia los cielos.

En California, nuestro techo era sólido,
pero aquí, el endeble techo de paja cruje y cede
con vientos de tormenta, como si el primer huracán
verdadero
pudiera de repente levantarnos por los aires.

¿Pero qué podemos hacer para protegernos?
Nada, así que dormimos, y en la mañana escribo
canciones de ensueño
en el fango.

Los pensamientos de la futura esposa
Fan

Un día, un viejo babalao africano
—una suerte de sacerdote— se me acerca para ver
lo que escribo en el suelo.

Se ofrece a leerme mi fortuna en el diseño
formado por unos caracoles que tira y observa
cómo caen.

Le doy las gracias, pero me niego, porque ¿de qué
me sirve a mí
el futuro?

Más pronto que tarde, papá me va a casar
con el primer viejo que ofrezca una dote
en tierras de cultivo.

Cada vez que me doblo para arrancar una hierba mala de su
sitio
en suelo húmedo, pienso en mis propias esperanzas, tan
desarraigadas
y desconectadas.

Los pensamientos de independencia

Fan

A veces siento
como si me pudiera elevar
y flotar
por el sendero
que ha hecho Wing
en su andar lento
hacia la ciudad
con su oro verde
y su esperanza de muchacho.

Cada vez que una carreta de bueyes
llena de caña de azúcar
pasa cerca de este campo,
me pregunto si alguna vez tendré
el valor suficiente
para seguirla.

Los pensamientos y las canciones
Fan

¿Puedo cambiar mi vida?
Sola no,
pero soy gemela.

Wing me dice los nombres
de los hombres de negocio recién llegados
de San Francisco, hombres pudientes
a quienes todavía no les han dicho
que se cambien los nombres.
Li Weng.
Song Sen.
Lau Fu.

Tienen en planes abrir el primer teatro chino en Cuba:
¡un teatro con un escenario en el cual yo podría cantar!
Los titiriteros podrían simular que mi voz
emerge de los pájaros tallados en madera.
Todos mis sueños de arpas de mariposa, guitarras de luna,
flautas de bambú, cítaras *guzheng*,
platillos altisonantes, tambores retumbantes,
y gongs estridentes: todas mis fantasías musicales
podrían ser realidad…

Máscaras.
Caras pintadas.
Vestidos.

Pasos de danza.
¿El teatro nuevo contratará a muchachas?
¿Tendré la menor oportunidad?

Pienso en todas las óperas del Barrio Chino que he visto
en el pequeño teatro de nuestro vecindario en Los Ángeles.
Perales, flores de peonía,
guerreros armados, una princesa enamorada,
las posibilidades en una historia musical
son interminables.

Villanos de caras blancas como el papel, héroes en túnicas
rojas,
el azul de la lealtad, el rosado del humor… en mis
ensoñaciones
me veo cantar detrás de máscaras
de cada color,
tantos significados
cuando canto desde las profundidades
de un hueco escenario de madera
mientras que encima de mí, a la vista de todos,
actores vestidos de aves bailadoras
simulan tener mi voz,
mis palabras.

En la noche antes de mi huída

Fan

Corto
ligeros
hinojos,
mezclo el ajo
en la sopa
en un termo,
le echo unos cuantos
clavos
de canela,
e inhalo
el picante aroma
de mi audacia
que crece velozmente.

El sendero
de la sombra

Año del gallo
1873

Vida musical

Antonio

Fan fue contratada por el teatro chino
tan pronto llegó, y ahora
su voz de ruiseñor atrae multitudes
de admiradores.

Después, entre bambalinas, admite
que echa de menos la finca, con su libertad
para escribir en el fango o en los árboles, y dormir en un
bohío
en la campiña, rodeada
de la música de la naturaleza.

Ahora, subida al escenario, lleva
un tocado de plumas, y en su canción dice sentirse
como el fénix dorado, un ave que vive por siempre
en las leyendas, sin importar cuántos siglos
de penurias
hayan pasado.

Vida pública
Wing

¿Qué pensaría papá si viniera a la ciudad
y viese a su hija cantar en público
para tanta gente solitaria
de todas las calañas?

No encuentro vergonzoso su comportamiento.
De hecho, me siento tan orgulloso que titubeo en compartir
lo que sé y arriesgar que la imagen de coraje de ella
sea arruinada por las críticas de él, así que cada tarde cuando regreso
a la finca con las cestas vacías y la billetera llena
y él me pregunta si he visto a mi gemela, respondo
con mentiras acerca de un trabajo respetable
como institutriz en la casa
de un diplomático y su elegante esposa,
donde Fan no hace nada más inusual
que enseñar a los niños
a escribir, cantar y tocar
instrumentos tradicionales.

Mi vida de león
Antonio

Siento que soy peligroso.
Pelearé con cualquier hombre que le grite
nombretes insultantes.

Las mujeres cubanas en la audiencia
pueden ser crueles, y gritan su descontento
con las desconocidas melodías chinas.

Protegeré a Fan aun con más ferocidad
que su propio y fiero perro guardián
y que esa anciana con sus pequeñísimos pies amarrados
que merodea entre bambalinas, lista para consentir a Fan
solo porque es famosa.

El perro no me tiene confianza, y la anciana
me odia, pero yo no quiero sus afectos.
Lo único que necesito es la voz de Fan, cantando
su poesía de la esperanza.

El anhelo de mi vida

Fan

¿Alguna vez me perdonarás, mamá,
por dejar a papá solo en el campo?

¿Entiendes cuán duro era
escuchar todo el día esa tristeza silente?

Cuando sea rica, podré ayudarlo
a comprar una casa con muchos sembrados, a contratar
trabajadores,
a construir una tienda, y le ofreceré todos los consuelos
de California...
excepto Jin
y tú.

Mi vida confusa
Antonio

Fan no acepta nada que venga de mí,
ni siquiera el collar de jade que se le entrega
a una futura esposa, ni los poemas
que mal que bien
escribo
en su honor.

Al menos le gusta el nombre que le doy a su perro guardián:
Moon, que significa luna, por su cara
tan redonda y dorada, y esos ojos fulminantes
tan grandes y oscuros
como cráteres.

¿Por qué el reconfortante sonido de cada canción
que canta Fan
en este sombrío lugar
me hace sentir tan solitario
como la luz de las estrellas?

Mi vida entre máscaras

Fan

Cuando me pongo la sonrisa de un mono
o las garras de una tigresa, me doy cuenta
de cuán rápido cambian las canciones en las islas.
Nunca se repiten las mismas palabras, rara vez
la misma melodía… y los ritmos,
los tambores infinitos, son cambiados
constantemente.

¿Qué tiene una isla que hace que todo dé
volteretas y fluya y circule como la avalancha rugiente
del agua
en torbellinos?

Me encanta el modo en que una enorme variedad
de deslumbrantes instrumentos chinos
se mezcla con las maracas de los indios taínos,
los pianos de pulgar africanos, las guitarras españolas.

¿Y por qué no?
Este teatro es lo suficientemente grande para ofrecer
ópera tradicional china en ciertas noches
e innovadoras mezclas de estilos mixtos
en otras noches, para que todos
estén deseosos de asistir, incluso quienes se quejan
y tildan a mis canciones
de demasiado inusuales.

La música cubana es como el modificado apellido
de Antonio Chuffat, algo tan común y corriente
como las sílabas "chu fat" —tomadas en préstamo
y fusionadas para formar sonidos que son nuevos
y confusos, pero intrigantes
a la misma vez—.

Mi vida en las sombras

Antonio

Este teatro tiene tantos
rincones oscuros.

Siento como si me le fuera a aparecer
a la audiencia como un fantasma.

Pero lo único que quiero es tiempo
para escuchar.

La escuela.
El trabajo.
La esperanza.

Todo parece desvanecerse mientras gasto mis deseos
en Fan, cuya voz suena
como la luz del sol.

Mi mente de cimarrón

Antonio

Cuando mi padre me visita,
me regaña por dejar que mis estudios
se hayan vuelto vagos e indiferentes.

Me regaña por hacer esperar al señor Lam,
mientras me cuelo en el teatro
a contemplar y a soñar despierto.

Me dice que piense en un modo
de despertar de la neblina del deseo.

Y lo hago.
Pero no hasta que me recuerda
el aspecto más emocionante
de sus cuadrillas libres.

Cimarrones.
Fugitivos.
Siervos de ocho años por endeudamiento
cuyos tramposos contratos
han demostrado ser injustos.

Mi padre esconde a tantos hombres a simple vista,
tan solo con dejarlos trabajar con los hombres libres
y simular que tienen papeles legales.

No pregunto por los falsos documentos,
los capataces sobornados, las mentiras dichas a los dueños
de ingenios,
o a los oficiales corruptos.

Lo único que pregunto es si mi padre cree que el interior
de un escenario hueco
sería un buen escondite.

¿O serían mejores
los armarios?

¿O el taller de títeres
donde un californiano llamado Choy Men
talla obras maestras
esculturales?

Una vida útil
Fan

Por fin, aquí hay un futuro que tiene sentido,
algo que puedo hacer sin dejar mi sitio
entre bambalinas, a deshora, tarde en la noche,
cuando la anciana duerme
y mi fiel Moon me obedece
a cambio de golosinas.

Sí, mamá, es cierto, ahora soy una criminal,
rompo leyes injustas, ayudo
a los desamparados, escondo
a los esclavos fugitivos.

Los cuentos de Wing acerca de un ferrocarril subterráneo
en los Estados Unidos
entraron en los oídos de Antonio y crecieron
como la música, aumentando y extendiéndose
hasta que fui
invitada a participar.
Sí, esa fue mi respuesta, mamá. Dije sí.

Ayudaré, de uno en uno, a los cimarrones
a encontrar un escondite seguro
en las sombras
tranquilas.

Una vida de acción
Wing

Sé que protestar contra una injusticia
no va a cambiar otra que ocurrió
lejos, hace cada vez más y más tiempo,
pero al menos precisa coraje,
la más grata forma
del vaivén
veleidoso
de mi tormenta de rabia.

Saber que podemos hacer algo real
en lugar de soñar despiertos… me ayuda a mí,
no solo a los cimarrones.

Pelear en esta guerra de sombras
parece tan feroz como un salto real
al tipo de guerra con afiladas
y brillantes armas
de metal.

Una vida de límites

Antonio

Algunos sentimientos
son demasiado vastos
profundos
turbulentos
para estas ínfimas
prolijas
formas
llamadas
palabras.

¿Qué hay de los africanos,
la gente de mi madre, los esclavos de por vida,
no solo los que están en servidumbre por ocho años?
¿Pero dónde los podemos esconder?
Con toda certeza no aquí,
en donde solo los chinos se volverán invisibles
entre una multitud de titiriteros
y músicos.

Aterrados

Wing

El día en que se espera que llegue
el primer cimarrón, los tres
estamos tan nerviosos que olvidamos
cuán verdaderamente asustado
debe de estar
el solitario fugitivo.

Mi labor será darle de comer de mis cestas.
Antonio lo llevará de este escondite
a la próxima parada en su escalofriante sendero.

La única contribución de Fan a nuestros planes
será su invaluable silencio, su habilidad
de guardar el secreto con tan solo acallar
a su perro guardián.

Coraje

Fan

Cuando pienso en el castigo
a quienes ocultan cimarrones, esperar
al primer pobre fugitivo comienza a parecer
tan peligroso como cruzar la jungla febril
en la que moriste, mamá... o regresar
a las asesinas llamas
y las sogas
de las revueltas.

Así que canto para calmarme, canto
para darme valor, canto
para ayudar a los demás a que olviden
la realidad
y los riesgos.

¿Se puede agotar una voz?
¿Me quedaré sin palabras?
¿Soy como una linterna de papel en llamas?

Celebraciones

Fan

No llega ningún fugitivo.
Ni en la mañana.
Ni en la noche.

Antonio dice que su padre le advirtió
que esperara algún festejo, para que la policía
y los soldados se emborracharan y las calles
estuviesen llenas de distracciones: bailadores,
desfiles y trifulcas
comunes y corrientes.

Así que esperamos.
En mayo hay una fiesta en honor a Guan Gong,
el dios chino de la guerra y la poesía, ahora transformado
en San Kuan Kong, que en boca
de los cubanos se convierte en Sanfancón,
que es en esta isla cambiante el santo patrón
de los fugitivos, lo mismo de los esclavos africanos
que de los chinos bajo servidumbre por contrato.

Mi hermano y Antonio hablan
de posibilidades, pero al final
me escuchan, y los tres
acordamos en que en un día de fiesta
que celebra a quienes se escapan
es demasiado obvio.

Por tanto, esperamos a junio, el fin de la zafra de caña,
cuando las cuadrillas libres son ricas, y el padre de Antonio
puede ayudar con contribuciones de dinero
para los sobornos.

Capitanes.
Marineros.
Vendedores de documentos falsos.
¡Hay que considerar tantos detalles!
¿Cómo decidiremos qué barco
vamos a abordar?
Lo único que sabemos es que el caos de medianoche
durante los carnavales dará la cobertura
de muchedumbres bailando a lo loco
en donde cualquiera
se puede esconder
con simplemente menearse
y bambolearse.

El primer fugitivo

Antonio

Mi padre nos lo entrega en un callejón
detrás del teatro.
Es mayor, pero todavía sigue siendo un niño, un mestizo
como yo, con pelo rizo y deslumbrantes
ojos verdes, pero aún lo suficientemente chino en apariencia
como para ser considerado uno de los asistentes de Fan.

En este momento siento haber dado con el gran propósito
de toda mi vida: ayudar a un cimarrón,
cambiar el futuro desesperanzado de un hombre
simplemente con una mezcla de acción peligrosa
y palabras reconfortantes,
cuando le digo
que no se preocupe,
que no lo vamos a traicionar,
que nos aseguraremos de que esté a salvo aquí.
¿Acaso se pregunta, como lo hago yo, si alguno de nosotros
alguna vez podrá ayudar a nuestros familiares africanos,
cuya forma de esclavitud es muchísimo más severa?

Dos deseos
Wing

Nos preparamos como si todavía fuera la fiesta
de Sanfancón, un baile que sirve como un rezo
por los fugitivos.

Fan tira cintas rojas y amarillas
por todo el teatro, decoradas con mensajes:
Comparte el arroz con los pobres.
Escoge la gentileza y la lealtad.

Nunca he entendido cómo los santos pueden representar
tanto a la pacífica poesía como a las fieras batallas, pero
encaja
en la doble naturaleza de las islas, parte tierra fértil,
parte mar mortífero.

Cuando la rabia regresa al vaivén de mi memoria,
todavía no sé cuál elegir,
si la sangre y las llamas de la guerra
o este sendero de sombras
que crece lentamente.

¿Amor?

Fan

Medita.
Contempla.
Recuerda.
Los mensajes en las cintas
quieren decir que si cometes un error
es difícil volver al principio y empezar de nuevo,
pero si el amor a primera vista es un error,
entonces nunca intentaré corregir
este momento.

El fugitivo me resulta familiar,
aunque no lo he visto nunca antes.

Reconozco su mezcla rara de valentía y miedo.
Es igual a mi propia confianza tímida
cuando canto.

Perfecto

Fan

Wing ha cocinado una cena suculenta
con arroz frito y plátano frito
para el fugitivo.

Antonio le ha encontrado documentos falsos
y el uniforme de un marinero de Boston
con rumbo a Hawai.

Cuando nos dice que su nombre es Perfecto SOA,
me quedo perpleja, hasta que Antonio me explica
la desconcertante tradición de nombrar
a los bebés sin padres conocidos
SOA, que quiere decir sin otro apellido.
Casi como si no
existieran.

Oculto

Perfecto SOA

Nací libre, luego me atraparon y me forzaron
a firmar un contrato por ocho años.

El padre de Antonio me encontró escondido en un bosque,
y se ofreció a ponerme en un barco rumbo al otro confín
del océano.

Me habría unido a los rebeldes, si esta oportunidad
de navegar lejos y olvidar mi esclavitud
no se hubiera presentado
como un regalo.

Mi mamá me nombró Perfecto porque ella
me aceptó plenamente del mismo modo que mi padre
me rechazó, pero no pudo impedir que un cura
escribiera "SOA".

Ahora ya ni sé dónde está,
luego de tanto mudarme de un ingenio de azúcar
al otro, rebanando la dura caña
con un machete, derribando los tallos de las plantas
en vez de cortar a los crueles capataces
que empuñan sus látigos de nueve colas
como si fueran casi un completo par de manos humanas
adicionales.

Desamparada

Fan

Con mi voz envuelta
en emociones inesperadas,
palabras de antiguos poemas
comienzan a fluir renovadas,
y se unen
y se mezclan
con mis propios versos.

La furia desbordada del dragón, el caballo cansado que mira
hacia el hogar…
Las frases de Tu Fu me llevan a una tierra salvaje
de nuevas palabras, mientras canto e imagino
a un viajero perdido
que se orienta.

Casi siento que soy una canción
Perfecto SOA

Mi mente agotada
parece como una hoja
  arremolinándose
en este viento
  de la fortuna,
pasado
y futuro
igualmente desconocidos,
  mientras mis oídos atrapan la voz
perfecta de la muchacha.

Locura perfecta

Antonio

Ya he conocido deseos momentáneos
y luego la pérdida, así que entiendo
la añoranza en los ojos de Perfecto
y Fan, pero ahora no hay tiempo
para el amor, solo para el sentido común
y la cautela, porque tenemos
que tener éxito en transportar a nuestro primer
fugitivo rescatado
lo más rápido posible
hacia el puerto.

Tal vez en verdad estoy más hecho para las calmadas,
pacíficas formas de protesta escrita
que para todo este miedo transformado
en acción.

¿O es acaso la combinación de ambas
mi talento natural?

Peligro perfecto
Wing

Al permitirles a los dos que se extiendan
con los susurros y los cantos como si fuera en realidad
un día de fiesta, Antonio arriesga perder
cualquier posibilidad de llegar
al barco foráneo
a tiempo
para la salida
tempranera
de mañana.

Una vida de pérdidas

Fan

Wing habla.
Antonio escucha.

Soldados en las afueras del teatro.
Policías en cada esquina.

Perfecto tiene que huir ahora,
antes de que el alba traiga la pérdida
de su oportunidad.

Se fue.
Se desvaneció.
Como si nunca hubiese existido.

Mamá, ¿cómo sobrevive el amor
cuando el amado se vuelve
distante?

Más canciones

Fan

Menos amor, menos vida, menos futuro,
más canciones, más palabras,
más significados.

A tal grado es un misterio la memoria.
Tanta alegría
pena
rabia
esperanza
todo en uno,
como los estrechos mensajes
en una sola cinta
que es arrastrada
por la invisible
brisa del mar.

Llamas peligrosas

Año del gallo
1873

Uno a uno

Antonio

Después de que Perfecto SOA zarpa
en un barco rumbo a Hawai, estudio,
trabajo, sueño despierto, y escucho las canciones de Fan.

Tan poca esperanza de amar
en mi vida.

Un sendero de sombras
tan estrecho.

Cuán descorazonador
es poder ocultar
tan solo a un esperanzado fugitivo
a la vez.

Muchos fragmentos

Fan

No nos podemos desanimar.
¡Tenemos que volver a intentarlo!
Cada nuevo fugitivo nos deja
con unas pocas esquirlas
de la fragmentada historia
de su vida.

Para el momento en que hemos escuchado
todos los relatos de tristeza y deseo,
mi propio mundo diminuto comienza a parecer
un mito.

Todavía de luto

Wing

Envidio la escuela de Antonio, su trabajo,
su familia completa
y el modo en que siempre parece
como si tuviera los pies
en tierra firme.

Sin esta vara y mis dos pesadas cestas,
no habría nada que mantuviera mis pies
en la tierra, nada excepto las pesadas olas
de una rabia
oceánica.

La poesía es peligrosa
Fan

Cuando canto los antiguos versos de Li Po,
siento como si en verdad viviera en carne propia
las imágenes de cada poema.

Describió haber tirado una poderosa
bola de fango llamada Tierra
en un costal, para poder liberarse.

Habló de oscuros campos de batalla
y de un enjambre de hombres cual ejército de hormigas.

Sí, puedo ver cómo los poemas se volvieron protestas,
mientras Li Po se ahogaba tontamente en un río,
luego de emborracharse e intentar abrazar el reflejo
de la luna.

¿Cómo podría alguna vez un poeta esperanzado
conocer la verdad?

Llamaradas de valor

Wing

Cada fugitivo
que tiembla
en el fantasmagórico sendero
a la libertad
me deja
con el calor
de su coraje
en llamas.

Llamaradas de confusión

Fan

¿Por qué me enamoré de Perfecto?
¿Fue acaso porque fue el primer
fugitivo
que jamás conocí,
además de mí misma?

En lugar de respuestas,
lo único que tengo es este humo infinito
de mis preguntas
en llamas.

Llamaradas en el puerto
Antonio

¡Arden los navíos!
Los barcos están en llamas,
y también los barriles y los cajones aún por descargar
en los muelles, todo el cargamento importado
de ropas finas del señor Lam...

Mientras Wing y yo corremos de aquí para allá,
sin aliento, con cubos de agua de mar
a cuestas,
para aplacar el fuego
en las cajas,
barcos enteros ya se elevan
y se hunden en el mar
como fuegos fatuos
de una pálida ceniza
flotante.

Ráfagas

Antonio

¿Los incendios fueron provocados por rebeldes
o por invasores foráneos?

Los escuadrones patrullan cada calle.
Los estudiantes son interrogados.
La escuela se asemeja a una prisión.

Las paredes de las aulas parecen estar moldeadas
por la duda; los techos y los pisos
inundados con preguntas.

Los periódicos declaran que el incendio en los muelles
fue un accidente, pero esas llamas
fueron solo el comienzo…

Ahora, todos los rumores que se murmuran
son acerca de un barco
de nombre Virginius,
con tripulación norteamericana,
capturado por un barco de guerra español.
Los reportes dicen que la mayoría de la gente a bordo
ha sido ejecutada.

Sin juicio.
Sin jueces.
Tan solo balas.
Tan solo muerte.

Incertidumbre

Antonio

Los periódicos lo llaman el incidente del Virginius,
¿pero acaso no fue asesinato?

El señor Lam teme que ahora Estados Unidos
ataque a Cuba, en represalia por la matanza
de los marinos americanos.

¿Pero eran, como sostiene España, espías
que traían municiones para los rebeldes,
o se trataba simplemente de un cargamento común,
la ropa y la comida necesarias
para la vida cotidiana?

¿Nuestro vasto vecino del norte se tirará en picado
a la guerra de independencia de nuestra pequeña isla,
haciendo que las batallas en las montañas se extiendan,
crezcan y duren
por siempre?

Un futuro tempestuoso
Wing

España evita la venganza al terminar la crisis
con pagos en moneda para los familiares
de los americanos muertos.

Estoy tan enfurecido tanto por las ejecuciones
como por el acuerdo
que en vez de alegrame
con Antonio, que cree en el poder
de la diplomacia, comienzo a quemar más y más
de mi energía cuestionándome
la guerra.

Soledad

Fan

Wing se desvaneció.
Luego se fue también Antonio.

Me dejan sola en nuestro sendero de sombras,
sin nadie más que el fiero y leal Moon
para que me ayude a rescatar a hombres desesperados.

Un escondite
es todo cuanto puedo ofrecer.

No más canciones alentadoras.
Sino tristes, acerca de la pérdida
de la compañía de un gemelo,
la amputación de la mitad
de las esperanzas
de mi infancia.

Zona de guerra
Antonio

Poco después de que Wing se escapara a pelear,
mi padre me invita a ayudar a los diplomáticos
al escuchar los relatos de los desconocidos.

No tengo idea
de qué quiere decir...
pero confío en él, así que dejo la escuela,
abandono el trabajo y renuncio a Fan,
dejando el plan de sombras
que compartimos
completamente
a su cuidado.

Gente que escucha

Año del perro
1874

La llegada

Antonio

Chin Lan Pin emerge de un majestuoso navío
que representa al imperio de China.

Nos encontramos con él en los muelles.
Tiene la pinta de un rey.
Siento como si estuviera dentro
de un libro de cuentos.

Pero todo esto es real, cada detalle,
desde las resplandecientes plumas de pavo real
bordadas en sus túnicas de noble
hasta el delicado botón azul y el punto rojo
en su reluciente sombrero de seda.

Como investigador imperial, se mueve
con la confianza intrépida de un león,
aunque sus únicas armas
sean palabras
PODEROSAS.

Peticiones

Antonio

¿Pero cómo mi padre y yo vamos a servir de ayuda
cuando tantos leones, pájaros y sirvientes,
lo mismo del imperio español que del chino,
de repente ajetrean, creando todo este
caos ceremonial y respetuoso?

Los relatos orales, me explica el señor Lam,
serán documentados por escribas, que los redactarán
como peticiones oficiales de libertad
del estrambótico sistema
de esclavitud
bajo contrato por ocho años.

Muchos años de peticiones escritas
de hombres libres como el señor Lam
han causado que los oídos distantes escuchen, y ahora
de repente es mi turno de ayudar a cualquiera
que desee contar su cuento
a Chin Lan Pin.

Mi trabajo es deambular
de finca en finca, hablar
con los peones, describir el proceso
e invitar a cada hombre a participar
en la investigación.

Imagina el PODER de tantas peticiones.
¡Cientos, quizá miles!

Ya puedo ver las valientes historias
llevadas en barcos, a través de las olas del océano,
palabras escritas que viajan lentamente
rumbo al triunfo.

Guerreros de la palabra
Antonio

Cada hombre
que me habla
sabe que la próxima vez
que cuente su historia, la verdad flotante
será escrita, para que pueda llegar
a un palacio en Pekín.

A las voces les crecen colmillos.
Las historias tienen garras.

Cada uno de estos agotados peones
crea su única oportunidad
de ser libre.

En la isla de los leones

Antonio

Cuando atravesamos una peligrosa zona de guerra
escoltados por soldados de dos imperios,
pasamos campos de prisioneros en donde los rebeldes
cautivos
son castigados.

Pienso en Wing y me pregunto si finalmente pudo llegar
a las montañas.

¿Lo atraparon en el trayecto?
¿Es uno de los hombres en estos campos,
encadenado,
esclavizado?

Hace tan solo tres años, yo era un niño
fascinado por las historias de la guerra.

Ahora ya casi soy adulto, y mi único sueño
es la paz.

Fantasmas hambrientos

Fan

Hay treinta días durante el largo festival
de los espíritus famélicos en que las puertas del infierno se
abren
y el hambre fluye a raudales.

Las familias alimentan a inquietantes espíritus con cerdos
enteros, patos
y naranjas dulces, así como con el siempre presente
tesoro del arroz.

Wing esperó tanto tiempo por su oportunidad de vengar
a familiares asesinados, pero mamá y nuestro hermano
y los otros hombres y niños ahorcados en California
están todavía tan fuera de nuestro alcance como los espíritus
ambulantes
del Virginius, y aquellos marineros muertos
en el incendio en los barcos y los ocho estudiantes de
medicina
y todos los fantasmagóricos soldados, rebeldes y aldeanos
de distantes batallas
en las montañas salvajes.

Humo de incienso.
Joyas de papel.
Las ofrendas que hago

antes de cada actuación
parecen un ensueño.

Me pregunto si me puedes ver, mamá,
y si escuchas mi voz cuando lanzo
canciones iracundas
hacia arriba,
hacia los cielos…

Si tan solo pudiera visitarte,
o pelear la batalla de la verdad
como Antonio, o unirme
a la guerra de fuego
y sangre
con Wing.

Si tan solo supiera cuál forma
de la fiereza
puede ganar.

Mis feroces oídos

Antonio

En chozas sin ventanas, en ruidosos ingenios azucareros
y en húmedos campos verdes, me encuentro con hombres
anhelantes
listos para ofrecer voluntariamente sus voces.

Mi padre les miente en español a los hacendados
y luego les dice la verdad en cantonés
a los braceros.

Simulamos que pronto traeremos
más cuadrillas libres, pero en realidad
estamos aquí sencillamente
para escuchar.

Ensayos de palabras

Antonio

Cada hombre habla como si su vida
dependiera de la fuerza
de su voz.
Y sí depende.

Cada hombre habla como si sus palabras secretas
fueran sagradas.
Y lo son.

Cada hombre habla en su propio estilo,
con chillidos de pavo real
o con rugidos
de bestia.

Tantas maneras de hablar

Antonio

Algunos peones describen realidades muy duras
tan llanamente como si fueran doctores
o científicos.

Muchos argumentan como astutos abogados
ante la sala de audiencia.

Otros recitan con la naturalidad de poetas,
derramando por fin todos sus lentos años
de silencio
en el rápido
alivio
del sonido.

Barcos de cerdos

José Chen

Yo era un campesino en la provincia de Cantón
cuando unos matones me secuestraron y me entregaron
a un doctor español en el Macao portugués.

Me obligaron a poner mi marca en un papel.
Unos desconocidos me encerraron en las profundidades de
un navío.
Era un barco diseñado para el transporte de ganado.

Atrapado en el hedor de esa pocilga,
compartí mi diminuto espacio con cientos de personas
como yo, hombres comunes y corrientes lanzados de
improviso
a un infierno nauseabundo.

Ahora, cada vez que llego al final
de mi contrato de ocho años, otra vez
soy forzado a marcar mi *X*, tanto que ya
he cortado caña de azúcar en esta tierra extraña
por veinte años.

Soy un hombre, no un contrato

Francisco Wu

Ocho años, luego ocho años más y ahora,
en esta isla de leyes y más leyes,
sólo necesito uno de los siguientes documentos:
papeles de residencia,
papeles para viajar a otro país,
papeles para abrir una tienda
o papeles para mendigar.

En China, yo era doctor... así que dígame,
¿cómo solicito los papeles para la licencia de doctor?

¿Soy un hombre o un contrato?
¿Qué clase de sociedad decide
que hacen falta papeles especiales
incluso hasta para los mendigos?

La manada

Eugenio Liu

Los lobos y los tigres
habrían sido menos aterradores
que los látigos y las armas
de los hombres de corazón envenenado.

Mentes de serpiente.
Es lo que pienso de los capataces
que nos custodian con sus armas
mientras vivimos nuestras vidas de hormigas.

Algunos de los capataces son españoles,
pero otros son chinos o africanos.
En lo que concierne a la crueldad, todas las naciones
son iguales.

Hervor

Juan SOA

Mitad chino, mitad africano, igual que tú,
que dices llamarte Antonio Chuffat.

¿Por qué te voy a creer?

¿Acaso crees que te daré mi nombre verdadero,
cuando el secreto es mi única protección?

Aquellos de nosotros que nacimos en mitades
podemos ser convertidos en esclavos de ocho años o de por
vida.
Queda a elección del hacendado.

¿De veras crees que voy a ser lo suficientemente tonto como
para contarle
a un gran pavo real desconocido de la enorme China
mi vida en esta isla diminuta?

Preferiría lanzarme dentro de un tanque
de azúcar hirviendo, como uno de esos insectos
atraídos por las llamas del ingenio azucarero.
Pero no tengo opción.

Tus pequeñas, enroscadas orejas de caracol
y las enormes orejas de monstruo de Chin Lan Pin
son mi única esperanza.

Llévame a la bestia pavo real.
Y que me escuche.

Mi historia de fantasmas

Carlos Xu

Asesinado en un bosque.
Lo vi.
¿Quién iba a hablar?
Yo no puedo.
Así que vivo como un espíritu invisible,
perseguido por los chillidos de los cuervos
y los aullidos del viento,
sabedor de que me podrían dar latigazos
igual que a mi amigo, que se desangró hasta morir,
producto de tantas
heridas
angostas.

Mira estas cicatrices.

Sí, vi el vuelo del alma de mi amigo,
pero soy un testigo silente: ¿acaso el pavo real
verá mi piel marcada o cerrará sus ojos de ave
horrorizado?

Discusión conmigo mismo

Rafael Li

Yo poseía una carta de libertad,
pero en la segunda noche del cuarto mes
fui atrapado y esclavizado.
Toda mi vida fue dedicada
a ayudar a mis enemigos
a ganar una guerra que me horrorizaba,
porque fui obligado a trabajar
para España, en lugar de para los rebeldes.

No en balde sigo intentando escapar.
No en balde fracaso
continuamente.

Un contrato accidental

Domingo Moreno

No soy chino,
pero tengo la suficiente sangre taína
para hacer que los matones ignorantes vean el tono
de mi piel y la forma de mis ojos
como una invitación a firmar un mañoso
contrato por ocho años.
Me negué, así que el capataz
firmó la marca él mismo,
simulando que la X era mía,
como si encontrara imposible de creer
que yo sé escribir.

No soy chino,
pero luego de tantos meses en los campos,
con esclavos de ocho años y de por vida,
he aprendido unas cuantas palabras en cantonés
y en congolés.

¿Chin Lan Pin escuchará mi súplica?

Sin palabras

Enrique Yi Tong

La soledad es una tierra más allá
de las temblorosas fronteras
del lenguaje.

Recién llegué el año pasado,
así que no sé mucho español.

Cuando los capataces con sus látigos y sus armas gritan,
el bramido de sus voces suena
como el humo
de los dragones.

Hablo por muchos

Juan Chang Tai

Del barco de cerdos
a una jaula de pájaros
una red de peces
una trampa para ardillas
una jaula humana.

Escuchen nuestra petición.
Libérennos, junto a todas
nuestras esposas yoruba
y sus hermanos,
nuestros parientes.

Tan pocas mujeres

María Lu

Tan solo somos una llovizna
en este ondulante mar de hombres secuestrados
con nombres nuevos —todos bautizados contra
nuestra voluntad.

Cuando camino en la playa de una isla, veo a Kwan Yin,
el espíritu de la misericordia que viajó conmigo
desde mi lejano hogar, solo para aceptar
mis tranquilas ofrendas
de jazmines fragantes
y lágrimas saladas.

¿Debería atreverme a llevar mi petición
a un oficial?

Cuando el pavo real me escuche,
¿se preguntará si aún me siento
tan bella como una vid
de jazmín silvestre?

El intermedio

Antonio

En las pausas entre palabras, escucho
jadeos, sollozos, maldiciones y plegarias
silentes, tantas maneras
de desear.

Verdades tranquilas
Antonio

Cuán difícil es describir la injusticia.
No en balde Fan usó un cuchillo en la madera
o un palo en el fango, antes de descubrir
sus propias canciones.

¿Qué pensaría Chin Lan Pin
si escuchara acerca de esas revueltas
en California?

No hay nada que un guerrero de las palabras pueda hacer
por gente que ya ha sido asesinada,
nada, excepto ofrecer consuelo para que los vivos
puedan comenzar a sentirse en paz en presencia
de los recuerdos.

Una fuerza tan noble
Antonio

Pronto todos estos relatos esperanzados
serán escritos y enviados
como las plumosas alas de un ave
que pueden viajar
mucho más lejos
que las ardientes garras
o los colmillos ensangrentados.

Pronto, mi vida
cobrará sentido.

Historias, cuentos, traducciones.
Reportes, artículos, peticiones.
Estas son las maneras más PODEROSAS
en que puedo ayudar
a los esclavos.

Voces que se escuchan mares allende

Año del tigre
1878

Decisiones lentas

Antonio

Pasan años, más años, una agonía
de la espera.

Poco después de la investigación imperial,
los barcos que traían esclavos por ocho años de Shanghái
dejaron de llegar.

Pero pasaron más años y los hombres y mujeres
que habían firmado contratos mañosos
todavía seguían cautivos.

Ahora, por fin —primero en *La Gaceta de Madrid* y
luego en *El Diario de la Marina*—, reporteros audaces
publican una complicada declaración de los dos imperios
que da la libertad a los peones chinos bajo servidumbre
por contrato.

Cuando gruñe la bestia de la libertad
Fan

Mis canciones alaban las noticias, mamá,
pero Antonio declara que la guerra
de palabras
no ha terminado.

Entre triunfos
Antonio

Artículos.
Cartas a editores en Madrid.
Súplicas enviadas a España.
Ninguno de mis esfuerzos puede descansar
hasta que la esclavitud de por vida
del pueblo de mi madre
también termine.

Hombres de Nigeria.
Mujeres del Congo.
Los hijos de carabalíes, de mandingas
y de cualquier otra tribu
merecen
la libertad.

Entre batallas
Wing

Cuando iba a unirme a los rebeldes
fui capturado por soldados españoles
y fui obligado a trabajar para el ejército incorrecto,
cavando trincheras, construyendo fortalezas y cocinando
para mi enemigo.

Con el tiempo me escapé y logré
encontrar a las tropas de Hercolano Wong,
quien me dio la bienvenida al valiente ejército
de chinos cubanos.

Ni traidores.
Ni desertores.
Ni una vez ninguno de nosotros dejó
de pelear con valor,
luchando por liberar
a esta pequeña isla de tantos
males enormes.

Ahora, la guerra de los diez años terminó,
y nada se ganó
excepto planes para la próxima guerra,
así que me permito regresar a casa,
a disfrutar la paz y a alegrarme
al abrazar a mi hermana,

con la esperanza de que mi mente agotada
y mi adolorido cuerpo
puedan por fin
intentar descansar.

Celebración

Fan

Aunque los rebeldes fueron derrotados,
sus familias bailan en las calles del Barrio Chino,
los acróbatas saltan, los comediantes hacen piruetas,
las mujeres lloran, ¡y mi canción
es solo una
entre tantas
ahora que los hombres regresan
del campo de batalla!

Wing aparece como en un sueño,
con el ceño fruncido, en lugar de una sonrisa,
aunque luego admite
que iba soñando despierto
mientras caminaba,
imaginando
una vida diferente,
contigo y con Jin
todavía vivos, mamá… una vida
en la que todavía somos dueños de una tienda de la felicidad,
aunque ahora nuestras hierbas chinas
están mezcladas con frutas de la isla…

Frijoles negros en una salsa
de tamarindo y cardamomo,
cerdo asado con mango
y cinco especias,

buñuelos de guayaba,
arroz frito con mariscos,
melones amargos
y dulces
y siempre el fuerte café cubano
al lado del té de Asia.

Oro Verde es el melancólico nombre
de un restaurante imaginario en el ensueño
nostálgico de Wing, así que compro un edificio con el dinero
de mis canciones
y lo abrimos durante el tiempo tranquilo de entreguerras,
cuando nada parece más poderoso
que esta mezcla de viejas memorias
con la esperanza nueva.

Gemelos de nuevo
Wing

Fan me dice que visitó a papá
durante mi ausencia.

Tiene una familia nueva:
una esposa hispano-congolesa
y una bebé, nuestra medio hermana.

Cuando vienen al restaurante
con sus risas y sonrisas, siento como si todos
perteneciéramos a otra vida,
a un mundo sin guerras
sin tristeza
sin separación...

Viajes lentos
Perfecto SOA

Igual a las palabras que viajaron
a través del océano en forma de peticiones,
he viajado de continente
en continente, he visitado todas las tierras
de mis tantos ancestros,
conocidos
y desconocidos.

He presenciado maravillas
y horrores
en cada nación.

Ahora solo me queda un viaje, esta carrera
desde los abarrotados muelles al teatro, a ver si Fan
recuerda el momento en que nuestros ojos
se encontraron por primera vez,
y supimos
como por acto de magia
que nuestras voces
estaban hechas la una para la otra,
enviando la música
compartida del amor
hacia el cielo,
como lazos
en una brisa de mar.

Con la bestia de la esperanza a cuestas

Antonio

Para el momento en que Perfecto y Fan
se reúnen, ya no imagino más
que ella y yo estábamos destinados
a estar juntos, o que algún día
me podría convertir en un aguerrido guerrero como Wing.

Ahora tengo mis propias travesías,
como traductor para el consulado de China,
llevo mensajes para los diplomáticos,
navego a través de muchos océanos, entrego
posibilidades de paz,
y escribo, siempre escribo,
con la intención de cambiar el mundo a mi alrededor
al lanzar palabras como armas
sobre el PODER del papel que viaja tan ligeramente
como las plumas, mientras las palabras rugen con la fiereza
de los colmillos.

Nota histórica

Todos los eventos importantes descritos en *Isla de leones* son factuales, pero he imaginado numerosos detalles. Antonio Chuffat, su padre, el señor Lam y Chin Lan Pin son figuras históricas. Wing, Fan y Perfecto SOA son personajes ficticios, como lo son también los diversos trabajadores en servidumbre por endeudamiento cuyas peticiones aparecen recogidas aquí.

Según las inusuales memorias en tercera persona de Antonio Chuffat, los teatros y las cuadrillas libres en verdad sirvieron de escondite a los fugitivos de la servidumbre por contrato.

Los testimonios en la sección titulada "Gente que escucha" fueron inspirados por súplicas reales por la libertad presentadas durante la investigación oficial china sobre los abusos del sistema de servidumbre bajo contrato. Muchas de las súplicas originales fueron escritas en verso, en lo que podría ser una de las más grandes y exitosas colecciones de peticiones de libertad jamás archivadas. Originalmente escritos en chino, la mayoría de los testimonios no ha sido traducida ni al inglés ni al español.

Es cierto que cinco mil chinos de California encontraron refugio en Cuba luego de huir de las revueltas antiasiáticos, incluido el linchamiento en masa de octubre de 1871 en Los Ángeles. La llegada de experimentados hombres de negocio de California inspiró a los jornaleros chinos en la isla a soñar con trabajos fuera del sistema de servidumbre. Impresionados por la confianza, la destreza y los principios democráticos de los refugiados, los chinos cubanos por su parte influyeron a los californianos, quienes se unieron a una compleja, multifacética lucha por la independencia del dominio colonial, derogación del trabajo forzado y libertad de expresión, tanto escrita como oral.

Antonio Chuffat se convirtió en un campeón de los derechos civiles para la comunidad chino-cubana. Viajó por el mundo como traductor del consulado chino en La Habana y fundó el primer periódico en chino en la isla. Luego de la tercera y final guerra de independencia cubana —conocida en Estados Unidos como la Guerra hispanoamericana— habló en contra de las políticas de inmigración antiasiáticas impuestas por la ocupación de EEUU de la isla.

Chuffat no dice nada acerca de su madre africana y la familia de ella en sus memorias, que fueron presentadas como un estudio de la historia chino-cubana. Sin embargo, en 1912, cuando los antiguos esclavos se rebelaron contra la continua desigualdad en la era postemancipatoria, Chuffat finalmente tuvo su oportunidad de convertirse también en un notable campeón de los derechos civiles de la comunidad afrocubana.

Isla de leones es el último volumen de un grupo de

novelas históricas en verso vagamente vinculadas acerca de la lucha contra el trabajo forzado en la Cuba del siglo XIX. Los otros libros son *El poeta esclavo de Cuba*: una biografía de Juan Francisco Manzano, *El árbol de la rendición: poemas de la lucha de Cuba por su libertad, Las cartas de la luciérnaga: la travesía de una sufragista a Cuba* y *El visionario del relámpago: el más grande abolicionista cubano.*

Referencias

Chuffat Latour, Antonio. *Apunte histórico de los chinos en Cuba*. Habana: Molino y Cia, 1927.

Hinton, David, editor and translator. *Classical Chinese Poetry: An Anthology*. New York: Farrar, Straus and Giroux, 2008.

López, Kathleen. *Chinese Cubans: A Transnational History*. Chapel Hill: University of North Carolina Press, 2013.

Seuc, Napoleón. *La colonia china de Cuba, 1930–1960: Antecedentes, memorias y vivencias*. Miami: Napoleón Seuc, 1998.

Yun, Lisa. *The Coolie Speaks: Chinese Indentured Laborers and African Slaves in Cuba*. Philadelphia: Temple University Press, 2008.

Otras lecturas recomendadas para jóvenes

Para aprender más sobre la historia de los chinos de California, lean *The Golden Mountain Chronicles*, de Laurence Yep. New York: Harper Collins (10 volúmenes, varios años). Para aprender más sobre la música china, lean *Summoning the Phoenix*, de Emily Jiang, ilustrado por April Chu. New York: Lee & Low, 2013.

Agradecimientos

Agradezco a Dios el poder de las palabras.

Como siempre, les estoy agradecida a Curtis y el resto de la familia por el apoyo y el estímulo.

Gracias especiales a los libreros de anticuario Peggy y Dan Dunklee, de A Book Barn en Clovis, por ayudarme a obtener mi propio y atesorado ejemplar de las extremadamente inusitadas memorias de Antonio Chuffat.

Mi profunda gratitud a Mary Wong, Phillip Wong, Jackie Wong, Janet Wong, Adriana Méndez, William Luis, Myra Garces-Bacsal, Kenneth Quek y Joy Cho por hacer las correcciones. Los errores que queden son completamente míos.

Un hurra entusiasta a mi maravillosa editora, Reka Simonsen; a mi agente, Michelle Humphrey; al artista Sean Qualls y a la diseñadora Debra Sfetsios-Conover, por la hermosa portada; ¡y al equipo entero de Atheneum!

Los siguientes recursos me fueron útiles:
> FIU Cuban Research Institute
> Smithsonian Latino Center
> Chinese American Museum of Northern California
> cubaheritage.org
> yeefowmuseum.org
> californiahistoricalsociety.org

Pasa la página para
leer un avance de

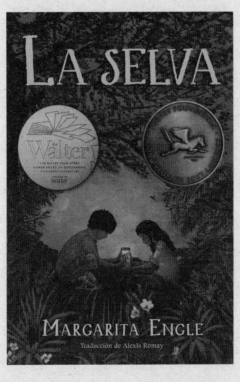

LA SELVA

MARGARITA ENGLE

Traducción de Alexis Romay

Desastre familiar
～ EDVER ～

Miami, Florida, EE.UU.

Y yo que pensé que estaba preparado
para cualquier emergencia. Incendios, inundaciones,
huracanes, canallas armados, bombas
y cosas peores: las hemos ensayado todas
en espantosas prácticas de entrenamiento
de emergencia para estudiantes.

Hemos cerrado la escuela a cal y canto,
nos hemos pintado las caras con sangre falsa
y hemos practicado cargarnos los unos a los otros
hasta un helicóptero imaginario, gimiendo
y gritando con un miedo casi real,
mientras simulábamos sobrevivir catástrofes
sin sentido.

En medio de toda esta locura, jamás
se me habría ocurrido imaginar que mamá
me enviaría a conocer a mi padre ausente,
a la jungla remota en donde nací
en una isla que nadie en Miami
jamás menciona sin suspiros,
sonrisas, maldiciones o lágrimas...
pero las leyes de viaje de repente han cambiado,
la Guerra Fría terminó y ahora es mucho más fácil
que se reúnan las familias cubanas
divididas: mitad en la isla, mitad en tierra firme.

Mamá está con un entusiasmo tan raro
que parece sospechoso.
Desde el momento que anunció
que me enviaba a conocer a mi papá,
noté lo aliviada que se sentía de tener
un reconfortante descanso de su hijo salvaje,
el revoltoso: yo.

Si me escuchara, le diría
que no es mi culpa que una bicicleta de carrera
se metiera en mi camino mientras jugaba
en mi teléfono y montaba la patineta a la vez.
Para eso se hicieron los juegos, ¿no?, ¿para entretenerse?
Un escape, de modo que todos esos minutos que paso
patinando
de la casa a la escuela no sean tan vergonzosos.
Mientras mire fijamente a una pantalla privada,
nadie que me vea
sabrá
lo solitario que estoy.

Pulsa aquí, aprieta un botón allá, teclea…
el teléfono me hace lucir ocupado,
como si tuviera muchos amigos,
un muchacho al que le gustan los deportes
en lugar de las ciencias.

En ese sentido, soy más como mamá, que en raras ocasiones
levanta la cabeza de su computadora portátil en los fines de
semana.

Lo único que hace es trabajar como una maníaca,
buscando redescubrir especies extintas.

Es criptozoóloga, una científica que busca
criaturas escondidas, ya sean las legendarias
como el yeti, u otras que ya nadie ve,
tan solo porque son tan extrañas
y tímidas que se esconden mientras las aterrorizan leñadores
y cazadores declarados y furtivos, quienes venden sus partes
disecadas o atravesadas por agujas a los coleccionistas.
Asco de gente.

Pero ¿y si hay gato encerrado?
¿Y si el verdadero motivo que tiene mamá para asomarse
a su secreto mundo en la red
es flirtear para conocer a tipos raros
que a lo mejor ni son los héroes apuestos
que muestran sus fotos de perfil...?

¿Y si busca novio
y por eso tiene
que deshacerse de mí, para poder salir
con indeseables
cuando no estoy por estos lares?

Nuestras vidas agitadas
~ LUZA ~

La selva, Cuba

El verde
me rodea por todas partes,
el azul en las alturas,
¡y ahora mi hermanito
por fin viene
de visita!

He oído hablar de Edver toda mi vida,
a través de abuelo, que echa de menos a su hija
—mi mamá—
y de papá, que habla con tanta tristeza de la época
en la que vivíamos todos juntos en familia, enraizados
en nuestra selva y con las alas
de los sueños compartidos.

Ahora, al poner un pie en un lodazal en el que se han posado
nubes de mariposas azules, hay una brillantez que late
cuando los radiantes insectos beben a sorbos los minerales
oscuros del fango
mientras bailan una danza del hambre
llamada encharcamiento.

Las mariposas me recuerdan
a ángeles en miniatura, en pleno vuelo, brillantes,
mágicos y naturales a la vez.

¿Acaso saben lo frágiles y breves
que serán sus vidas
por los aires?

Después de viajar a la ciudad para recoger a mi hermano
en el aeropuerto, quizá regrese a esta musgosa
rivera y haga una escultura de una visión de gente
con alas al revés
bajo verdes árboles frondosos
enraizados en el cielo…

O mejor aun: podría quedarme aquí y esperar
a que se aparezca un colibrí, un zunzún no más grande
que una abeja, el ave más pequeña del mundo,
uno de los tantos
tesoros vivos que hacen que papá sea tan buen
superhéroe de la vida silvestre, a cargo de proteger las raras
criaturas de nuestra selva
del hambre
y la codicia
de los cazadores furtivos.

Adiós a mi vida real
~ EDVER ~

El último día antes de las vacaciones de verano,
anduve como una sombra, intentando ocultarme de quienes
vieron el video en el que estrello mi patineta
contra la bici de carrera.

Si alguna vez aprendo a codificar mi propio videojuego,
lo llenaré de gente de las sombras, cuyos sentimientos
no puedan
ser vistos.

Mañana volaré a Cuba.
Quizá irme de aquí sea buena idea.
Si me quedara en casa, lo único que haría
sería esconderme en mi cuarto
y jugar en la compu
solo.

Raro
～ LUZA ～

¡Qué raro!

Sí, es verdaderamente surrealista
salir de viaje de este modo,
felizmente preparada para conocer a un desconocido
y llamarlo
mi hermano.

Espero que sienta lo mismo conmigo.
Extrañeza.
Como un pájaro del bosque
en la ciudad.

El aislamiento de las islas
∽ EDVER ∽

El avión aterriza.
Un asistente de vuelo me conduce a una fila.
Preguntas.
Respuestas.
Otra espera nerviosa.
Más preguntas.
Muestro mi pasaporte.
Inspeccionan mi mochila.
El microscopio de disección
pasa de mano en mano entre hombres y mujeres
uniformados, algunos de azul, otros en verde,
hasta que finalmente
me lo devuelven todo
en lugar de robárselo.

Un suspiro de alivio,
pero a esta hora estoy tan nervioso que lo único que quiero
es calmar mi mente con los reconfortantes clics, sonidos
y silbidos de las llamas electrónicas de los dragones
en mi juego favorito, en un mundo en las redes
lleno de baba de grifos,
aliento de trasgos y los rezumados pedos
de unos pesados ogros.

Los animales imaginarios son casi tan extraños
como los reales, como aquella iridiscente

avispa esmeralda
de la que escribí
para un informe
sobre un libro de no ficción.

La avispa inyecta veneno en el cerebro de una cucaracha,
haciendo que el insecto más grande se vuelva un zombi
en el cual se monta como si fuese un caballo,
usando sus antenas como riendas
hasta llegar al nido de la avispa,
en donde, lo adivinaste, la obediente cucaracha
es lenta y asquerosamente
devorada por unas larvas
que se retuercen.

Ni ruiditos ni melodías del teléfono.
Ni red de juegos ni clics reconfortantes.
Nada de internet en el que investigar
cosas horriblemente fascinantes sobre la naturaleza.

Andar sin teléfono es mi castigo
por las lesiones del estúpido ciclista,
pero mamá me dice que de todos modos no podré encontrar
señal telefónica en la selva de papá,
y que casi nadie en esta isla entera
ha estado jamás en el internet.

Así que es como si estuviera de visita en el pasado distante
en lugar de en esta curiosidad geográfica, este sitio antiguo
en el que nací.

A mi alrededor, el Aeropuerto Nacional José Martí
se llena de un alegre ajetreo de familias abruptamente
reunidas,
de todos los chillidos,
llantos y abrazos
de parientes que no se han visto desde hace mucho
y ahora se encuentran
por primera vez en diez, veinte
o cincuenta años.

Echo de menos mi teléfono.
¿Cómo es posible que una isla tan bulliciosa
sea tan silente como la prehistoria
en cuestiones electrónicas?

Futurología
～ LUZA ～

Papá se dedica tanto a patrullar nuestra selva
que no la abandona ni siquiera por un día.

Por eso los aldeanos lo llaman El Lobo.
Nunca se rinde cuando le sigue la pista a un cazador furtivo
que quiere comerse una cotorra exótica o robarse
un colibrí del tamaño de una abeja
para venderlo
como una mascota.

Así que abuelo y yo somos los únicos
que hacemos el largo viaje para ir a buscar a mi hermano
al aeropuerto.

Por suerte, mi abuelo sabe cómo encontrar quien nos lleve
todo el trayecto, mientras damos tumbos y traqueteamos en
carreteras llenas de baches
en carros viejos que ya iban atestados
con otros autoestopistas,
todos agotados luego de una odisea de espera,
sudor y plegarias
bajo el sol inclemente.

Este es el verano, la temporada de lluvia,
pero por alguna razón desconocida, estamos en medio
de la peor sequía en nuestra isla.

¿Será el cambio climático, el desastre del que papá
nos habla una y otra vez?

Ríos de nubes
sobre ríos de agua
que de pronto se han secado,
dejando a las partes tropicales
del mundo
en la incertidumbre.

Para pasar el tiempo, imagino un futuro
de ratas que hacen instrumentos y viven en cuevas,
y que algún día estarán a cargo de todo
si no se le pone un alto
a la deforestación.

Qué dilema, explica abuelo: nos hace falta
el transporte, pero también queremos límites.
Nos hace falta la tierra de cultivo, pero no podemos cortar
todo el tesoro natural y silvestre de los árboles.

La sequía en la temporada de lluvia es la maldición del año.
El año pasado tuvimos a demasiados turistas
robándose plantas de nuestra selva para usarlas
como medicina, o para cultivar las más hermosas orquídeas
en invernaderos, o tal vez porque la gente
es codiciosa y papá no puede patrullar
cada sendero
todo el tiempo.

Incluso a un lobo
le hace falta su camada,
un equipo.

Si tan solo mamá nunca se hubiera ido.
Juntos, los dos
habrían podido ser
feroces.

El yeti y otras posibilidades
∼ EDVER ∼

Si mamá no fuese una criptozoóloga,
tal vez yo no estaría obsesionado con la ciencia.
Quizá tendría más amigos,
jugaría en un equipo, me invitarían a fiestas
y pasaría mi tiempo libre en parques de patinaje,
en lugar de estrellarme contra ciclistas.

Mamá viaja por el mundo en busca de animales
que podrían no existir y de otros que se creía con certeza
que estaban extintos, hasta que fueron redescubiertos
de pronto, y se convirtieron en especies lázaro,
como ese muerto en La Biblia
que fue devuelto a la vida: un milagro,
solo que estas extrañas criaturas han sido encontradas
mediante el arduo trabajo de científicos empecinados
que siguen y siguen en la búsqueda.

El buey de Vu Quang, por ejemplo,
que se parece a un unicornio,
en Vietnam y Laos.

Había sido clasificado como desaparecido, fue redescubierto
y ahora es una especie en peligro de extinción,
porque la selva
en la que vive
está empequeñeciendo.

Así que supongo que si mamá alguna vez encuentra al yeti
o al monstruo de la laguna negra, tendrá que clasificarlos
como especies amenazadas.

Dice que solo hay dos actitudes posibles
hacia la naturaleza
en el siglo veintiuno.
Úsala antes de que la pierdas.
Protégela mientras puedas.

En su empeño por hacerme querer a un padre
que no recuerdo, me dice que es un superhéroe,
el ejemplo perfecto de un protector de la naturaleza
que lo sacrifica todo para vigilar una única
montaña, junto a todos los insectos,
aves, murciélagos, serpientes y lagartos
que viven allí.

Cuando habla de él, la fascinación
en su voz crece poco a poco, como si papá fuese
un fósil escondido que ha vuelto a la superficie
arrastrado por las inundaciones.

Cuánto me gustaría que hablara de mí de ese modo,
en lugar de conminarme a que salga a jugar
como si tuviese la mitad de mi edad.

Dice que no tiene sentido
la manera en que me apasiona la ciencia
y que no sepa explorarla.

Mamá tampoco responde al sentido común,
como cuando antes de llegar al aeropuerto de Miami
me dijo que pronto iba a conocer
a alguien especial: una sorpresa,
pero me aclaró que no es papá
y se quedó callada
luego de que le pedí
detalles.

Nunca he sido fanático
de las espontáneas sorpresas de mamá.
Tienden a avergonzarme,
incomodarme o, peor aun,
como aquella vez cuando me cambió
de escuela sin previo aviso,
o aquella Navidad cuando unos primos
que viven lejos vinieron de visita
y se negó a abrirles la puerta,
insistiendo en que tenía
que trabajar.

¿Esta vez qué será?
Ni siquiera tengo ganas de comenzar
a hacerme sentir mal y miserable
intentando adivinar.

Fragmentología
~ LUZA ~

Cuando la gente pobre hace autostop, o "pide botella",
cada viaje es un muestrario de disposiciones ante la vida.

Algunos se quejan del hambre.
Otros comparten frutas.
Muchos cantan; algunos se quedan en silencio
o hacen cuentos increíbles, inventando
mentiras fantásticas.

Abuelo sólo habla en voz baja, en privado,
intentando prepararme para cuando conozca a mi hermano.
¿Por qué la madre que apenas puedo recordar
escogió a Edver para que fuese al norte con ella,
mientras me dejaba
aquí?

Dos fragmentos, dos niños, divididos
como sobras
luego de un picnic.
Ocurre todo el tiempo en Cuba,
las familias rotas
en restos diminutos, como plumas
arrastradas por el viento
mucho después de que el pájaro
haya muerto.

Si voy a ser un ala rota,
déjame aletear al menos una vez
antes de que la magia
se pierda.